中國書店藏珍貴古籍叢刊

唐・柳宗元 撰

柳子厚咏柳山水文

中國書店

據中國書店藏明末清初刻本影印原書版框高十七厘米寬十四點三厘米

出版説明

中國書店自一九五二年成立起，一直致力于古舊文獻的收購、整理、保護和流通工作，于年復一年的經營中，發掘、搶救了大量珍貴古籍文獻。在滿足圖書館、博物館、研究所等相關單位及讀者購書需求的同時，中國書店還保存了一定數量的古籍文獻，其中不少具有極高的學術價值和文物價值，但傳本稀少，甚至別無復本。有鑒于此，中國書店對這些古籍善本進行了科學、系統的整理，以編輯《中國書店藏珍貴古籍叢刊》的形式影印出版，使孤本、善本化身千百，發揮更大的作用。本輯所選爲：

《柳子厚咏柳山水文》不分卷，唐柳宗元撰。

柳宗元（七七三—八一九），字子厚，河東人。在詩歌、辭賦、散文、游記、寓言、小説、雜文以及文學理論等方面，都作出了突出的貢獻，名列『唐宋八大家』之一。其作品經後人搜集，編爲《柳河東集》三十卷。《柳子厚咏柳山水文》一書收録了柳宗元貶官爲柳州刺史時所作詩文。中國書店藏有一部單刻本。其書半頁七行，行十八字，小字雙行同，無欄格，版印精美。據版式、字體、紙張、藏印等方面考證爲明末清初刊本。這一刊本未見歷代公私書目等文獻資料著録，頗爲罕見。

鑒于清代刻本日漸受到重視，中國書店在《中國書店藏珍貴古籍叢刊》的編輯過程中，特從所藏清刻本中擇取傳本稀見、刻印精良，又具有一定學術價值的清刻古籍影印出版，以滿足專家、學者及廣大傳統文化愛好者的需求，推動古籍文獻整理與相關學術研究。

中國書店出版社

癸巳年夏月

柳子厚永柳山水文目

雉皋冒襄辟疆甫評點

愚溪詩序
陪永州崔使君游讌南池序
游黄溪記
始得西山宴游記
鈷鉧潭記

鈷鉧潭西小丘記
至小丘西小石潭記
袁家渴記
石渠記
石澗記
小石城山記
永州新堂記

永州龍興寺東丘記
永州龍興寺西軒記
永州法華寺新作西亭記
永州萬石亭記
零陵三亭記
柳州山水近治可游者記
柳州東亭記
桂州訾家洲亭記
潭州東池戴氏堂記
邕州馬退山茅亭記

愚溪詩序

灌水之陽有溪焉東流入于瀟水或曰冉氏嘗居也故姓是溪曰冉溪或曰可以染也名之以其能故謂之染溪余以愚觸罪謫瀟水上愛是溪入二三里得其尤絕者家焉古有愚公谷今余家是溪而名莫能定土之居者猶齗齗然不可以不更也故更之爲愚溪愚溪之上買小丘

一出八愚錯落如画

爲愚丘自愚丘東北行六十步得泉焉又買居之爲愚泉愚泉凡六穴皆出山下平地蓋上出也合流屈曲而南爲愚溝遂負土累石塞其隘爲愚池愚池之東爲愚堂其南爲愚亭池之中爲愚島嘉木異石錯置皆山水之奇者以余故咸以愚辱焉夫水智者樂也今是溪獨見辱於愚何哉蓋其流甚下不可以灌溉又峻急多坻

自無人爭此

石大舟不可入也幽邃淺狹蛟龍不屑不能興雲雨無以利世而適類於余然則雖辱而愚之

一翻有力

可也甯武子邦無道則愚知而爲愚者也顏子終日不違如愚睿而爲愚者也皆不得爲眞愚

眞怨艾

今余遭有道而違於理悖於事故凡爲愚者莫我若也夫然則天下莫能爭是溪余得專而名

又轉出有意有態

焉溪雖莫利於世而善鑒萬類清瑩秀徹鏘鳴

天下不乏佳山水所乏者人不能與山水相映發耳然非天放子厚又安能綢繆乎山水若是

金石能使愚者喜笑眷慕樂而不能去也余雖

眞矜奮

不合於俗亦頗以文墨自慰漱滌萬物牢籠百態而無所避之以愚辭歌愚溪則茫然而不違昏然而同歸超鴻蒙混希夷寂寥而莫我知也於是作八愚詩紀於溪石上

得機於莊得趣於騷點染如畫變化如碁

子厚與楊誨之書有云方築愚溪東南爲室

此則丘泉溝池堂溪亭島皆具○想序作於書後者○特恨八愚詩逸去○不能歌舞誦之耳○余結巢吾臯南郭古樸之巔○卽名曰樸巢○其地廓然可半頃○周遭栖水○手植名木幾千章○拔地擎空○蒼華映野○擬作亭榭數處○覆以剪茨○障以寒蘆○柵以藤蔓○圜成各以樸名之○余幼多小慧○以致躍露無成○聊借意於柳州○將

神游於大樸○

陪永州崔使君遊讌南池序

零陵城南環以羣山延以林麓其崖谷之委會則泓然爲池灣然爲溪其上多楓柟竹箭哀鳴之禽其下多芡芰蒲蕖騰波之魚韜涵太虛澹灩里閭誠游觀之佳麗者已崔公既來其政宅以肆其風和以廉既樂其人又樂其身于暮之春徵賢合姻登舟于兹水之津連山倒垂萬象在下浮空泛景蕩若無外橫碧落以中貫陵太虛而徑度羽觴飛翔匏竹激越熙然而歌婆然而舞持頤而笑瞪目而倨不知日之將暮則於向之物者可謂無負矣昔之人知樂之不可常會之不可必也當歡而悲者有之況公之理行宜去受厚錫而席之賢者率皆在官蒙澤方將脫鱗介生羽翮夫豈趑趄湘中爲顦顇客耶余

旣委廢於世恒得與是山水爲伍而悼兹會不可再也故爲文志之

有詞賦氣○余每當極歡時輒欲淚下曾舉以問老僧僧荅曰常存此意應是夙根不昧也子厚云悲在境遇上讀之有動附紀於尾

游黃溪記

起奇○似太史公西南夷傳首段

北之晉西適豳東極吳南至楚越之交其間名山水而州者以百數永最善環永之治百里北至于浯溪西至于湘之源南至于瀧泉東至于黃溪東屯其間名山水而村者以百數黃溪最善黃溪距州治七十里由東屯南行六百步至黃神祠祠之上兩山牆立如丹碧之華葉駢植

以下三段點綴詳略描摹深淺有法

好景寫得出

與山升降其缺者爲崖峭巖窟水之中皆小石平布黃神之上揭水八十步至初潭最奇麗殆不可狀其略若剖大甕側立千尺溪水積焉黛蓄膏渟來若白虹沉沉無聲有魚數百尾方來會石下南去又行百步至第二潭石皆巍然臨峻流若頦頷齗齶其下大石離列可坐飲適有鳥赤首烏翼大如鵠方歸嚮立自是又南數里

奇

俊○而○倩

盤○空○而○下

地皆一狀樹益壯石益瘦水鳴皆鏘然又南一（字有妙位）（句有真景）
里至大冥之川山舒水緩有土田始黃神爲人
時居其地傳者曰黃神王姓莽之世也莽既死
神更號黃氏逃來擇其深峭者潛焉始莽嘗曰
余黃虞之後也故號其女曰黃皇室主黃與王
聲相邇而又有本其所以傳言者益驗神既居
是民咸安焉以爲有道死乃俎豆之爲立祠後

稍徙近乎民今祠在山陰溪水上元和八年五
月十六日既歸爲記以啓後之好游者

其運筆空秀如枝葉扶疎橫見側出各有情
態至琢字香麗時覺有蜂蝶迷戀紙上

數語可稱貫珠連璧

始得西山宴游記

自余爲僇人居是州恒惴慄其隟也則施施而
行漫漫而游日與其徒上高山入深林窮迴溪
幽泉怪石無遠不到到則披草而坐傾壺而醉
（極無聊亦極得意）
醉則更相枕以臥意有所極夢亦同趣覺而起
起而歸以爲凡是州之山有異態者皆我有也
而未始知西山之怪特今年九月二十八日因

杜少陵齊魯青未了句堪與爭雄

坐法華西亭望西山始指異之遂命僕過湘江
緣染溪斫榛莽焚茅茷窮山之高而止攀援而
登箕踞而遨則凡數州之土壤皆在衽席之下
其高下之勢岈然洼然若垤若穴尺寸千里攢
蹙累積莫得遯隱縈青繚白外與天際四望如
一然後知是山之特出不與培塿爲類悠悠乎
與灝氣俱而莫得其涯洋洋乎與造物者游而

不知其所窮引觴滿酌頹然就醉不知日之入心與筆俱融化入神蒼然暮色自遠而至至無所見而猶不欲歸心凝形釋與萬化冥合然後知吾嚮之未始游游應於是乎始故爲之文以志

茅鹿門謂公之探奇所嚮疑有神助余曰公如是乃可謂之神遊耳

鈷鉧潭記

鈷鉧潭在西山西其始蓋冉水自南奔注抵山石屈折東流其顛委勢峻盪擊益暴齧其涯故旁廣而中深畢至石乃止流沫成輪然後徐行

絕似吾家湧月池

其清而平者且十畝有樹環焉有泉懸焉其上有居者以予之亟游也一旦款門來告曰不勝官租私券之委積既芟山而更居願以潭上田

貿財以緩禍予樂而如其言則崇其臺延其檻

無水不宜月

行其泉於高者墜之潭有聲潀然尤與中秋觀

有月便中秋

月為宜於以見天之高氣之迥孰使予樂居夷而忘故土者非茲潭也歟

清溪小棹別有幽情○鈷音古鉧音鉾鈷鉾鼎具。

米顛袖中物

鈷鉧潭西小丘記

得西山後八日尋山口西北道二百步又得鈷鉧潭西二十五步當湍而浚者爲魚梁梁之上有丘焉生竹樹其石之突怒偃蹇負土而出爭爲奇狀者殆不可數其嶔然相累而下者若牛馬之飲於溪其衝然角列而上者若熊羆之登于山丘之小不能一畝可以籠而有之問其主

曰唐氏之棄地貨而不售問其價曰止四百余憐而售之李深源元克已時同游皆大喜出自意外即更取器用剷刈穢草伐去惡木烈火而焚之嘉木立美竹露奇石顯由其中以望則山之高雲之浮溪之流鳥獸魚之遨遊舉熙熙然廻巧獻伎以效茲丘之下枕席而卧則清泠之狀與目謀瀯瀯之聲與耳謀悠然而虛者與神

可憐

同好之友更自難得

一轉更新多少感慨

謀然而靜者與心謀不匝旬而得異地者二雖古好事之士或未能至焉噫以茲丘之勝致之澧鎬鄠杜則貴游之士爭買者日增千金而愈不可得今棄是州也農夫漁夫過而陋之賈四百連歲不能售而我與深源克己獨喜得之是其果有遭乎書於石所以賀茲丘之遭也

可歎可悼

可以籠而有之貪奇實甚賀茲丘之遭也感歎良淺

至小丘西小石潭記

從小丘西行百二十步隔篁竹聞水聲如鳴珮（疑有）環（洛神）心樂之伐竹取道下見小潭水尤清冽泉石以爲底近岸卷石底以出爲坻爲嶼爲嵁爲巖青樹翠蔓蒙絡搖綴參差披拂潭中魚可百許頭皆若空遊無所依日光下徹影布石上怡然（筆與景會如水如魚）不動俶爾遠逝往來翕忽似與游者相樂潭西

南而望斗折蛇行明滅可見其岸勢犬牙差互不可知其源坐潭上四面竹樹環合寂寥無人淒神寒骨悄愴幽邃以其境過清不可久居乃記之而去同游者吳武陵龔古余弟宗玄隸而從者崔氏二小生曰恕已曰奉壹（小生亦韻）

其致杳渺其神寥泬○日中魚水月下竹柏○此種妙影所謂鏤塵繪冰莫得其似者非聞

荒寒之景如画讀之颯颯

石澗記

石渠之事既窮上由橋西北下土山之陰民又橋焉其水之大倍石渠三之亘石爲底達于兩涯若床若堂若陳筵席若限閫奥水平布其上流若織文響若操琴揭跣而往折竹掃陳葉排腐木可羅胡床十八九居之交絡之流觸激之音皆在床下翠羽之木龍鱗之石均蔭其上古之人其有樂乎此耶後之來者有能追余之踐履耶得意之日與石渠同由渴而來者先石渠後石澗由百家瀨水而來者先石澗後石渠澗之可窮者皆出石城村東南其間可樂者數焉其上深山幽林逾峭嶮道狹不可窮也

可績可彈

奇想

掉尾處杳杳冥冥

翠羽明珠別有寳光殊色

入不能領略耳。讀之魂怡眼醉。
空游二字。本之酈道元水經注。淥水平潭。清
潔澄深。俯視游水。類若乘空。沈佺期詩。魚似
鏡中懸。亦用酈語。

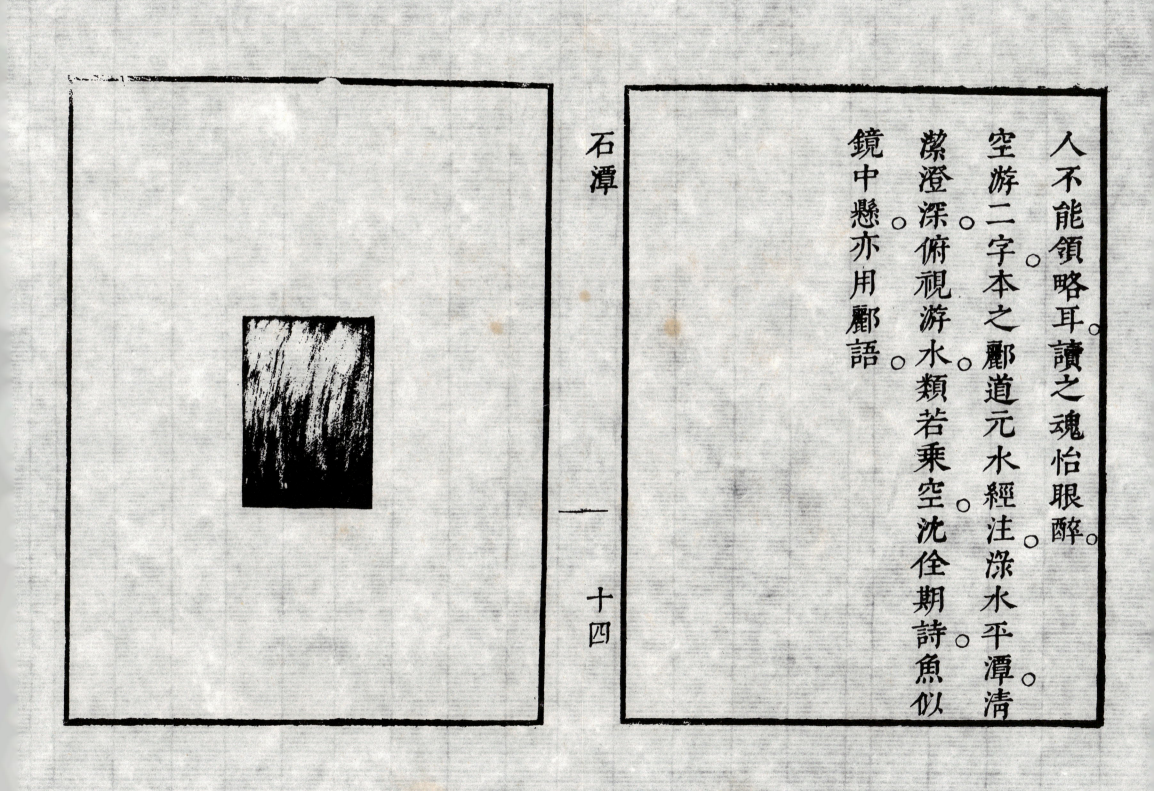

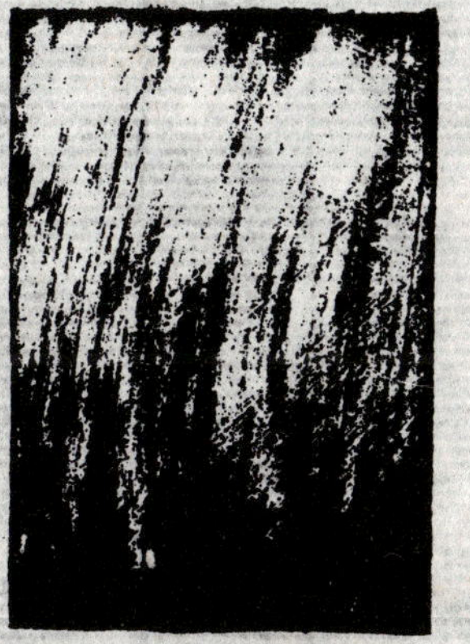

應接不暇

袁家渴記

由冉溪西南水行十里山水之可取者五莫若鈷鉧潭由溪口而西陸行可取者八九莫若西山由朝陽巖東南水行至蕪江可取者三莫若袁家渴皆永中幽麗奇處也楚越之間方言謂水之反流者爲渴音若衣褐之褐渴上與南館高嶂合下與百家瀨合其中重洲小溪澄潭淺

入方言奇古

千春流水
一往桃花
可寫其致

渚間厠曲折平者深黑峻者沸白舟行若窮忽又無際有小山出水中山皆美石石上生青叢冬夏常蔚然其旁多巖洞其下多白礫其樹多楓柟石楠楩櫧樟柚草則蘭芷又有異卉類合歡而蔓生轇轕水石每風自四山而下振動大木掩苒衆草紛紅駭綠蓊葧香氣衝濤旋瀨退貯谿谷搖颺葳蕤與時推移其大都如此余無

追寫光景筆亦紛駭赴之

袁家渴

以窮其狀永之人未嘗遊焉余得之不敢專也出而傳於世其地世主袁氏故以名焉唐荆川稱其似子虛賦良然。

幽□簫□瑟□□□者□□□□遊上有泉必□簫□瑟□□□者□不許遊上有泉幽□□□□□□□□□或咫尺或倍尺其長可十許步其流抵大石伏出其下踰石而往有石泓昌蒲被之青鮮環周又折西行旁陷嚴石下北墮小潭潭幅員減百尺清深多儵魚又北曲行紆餘睨若無窮然卒入于渴其側皆古之。

詭石怪木奇卉美箭可列坐而麻焉風搖其顛韻動崖谷視之既靜其聽始遠于從州牧得之攬去翳朽決疏上石既榮而奏既醒而盈惜其未始有傳焉者故累記其所遺之其人書之元和七年正月八日蠲渠至大石十月十九日踰石得石泓小潭渠之美於是始窮也 清冽。

樸巢欣賞

石澗記

石渠之事既窮上由橋西北下土山之陰民又
橋焉其水之大倍石渠三之一亘石為底達于兩
涯若床若堂若陳筵席若限閫奧水平布其上
流若織文響若操琴揭跣而往折竹掃陳葉排
○○可○續○可○彈○○○○
腐木可羅胡床十八九居之交絡之流觸激之
○○○○奇○趣○○○○○○○
○○○○○○○○○○○○○○○
音皆在床下翠羽之木龍鱗之石均蔭其上古

之人其有樂乎此耶後之來者有能追余之踐
履耶得意之日與石渠同由渴而來者先石渠
後石澗由百家瀨水而來者先石澗後石渠澗
之可窮者皆出石城村東南其間可樂者數焉
○幽○尾○處○香○香○冥○冥○○○○○
其上深山幽林逾峭險道狹不可窮也
○　○
翠羽明珠別有寶光珠色

莊子云梁欐可以衝城梁欐屋棟也

小石城山記

自西山道口徑北踰黃茅嶺而下有二道其一西出尋之無所得其一少北而東不過四十丈土斷而川分有積石橫當其垠其上為睥睨梁欐之形其旁出堡塢有若門焉窺之正黑投以小石洞然有水聲其響之激越良久乃已環之可上望甚遠無土壤而生嘉樹美箭益奇而堅

此中不知作何杳境

二者確然可信疑之以生文瀾

其疏數偃仰類智者所施設也噫吾疑造物者之有無久矣及是愈以為誠有又怪其不為之於中州而列是夷狄更千百年不得一售其伎是故勞而無用神者儻不宜如是則其果無乎或曰以慰夫賢而辱于此者或曰其氣之靈不為偉人而獨為是物故楚之南少人而多石是二者余未信之

暗影處深於自悼

宕

妙有餘音

借石之奇瑰。以寫胸中之鬱勃。筆鋒搜剔。到處悲鳴。不必長歌當哭。

借石之奇魄。以寫胸中之鬱勃。筆鋒撥剔。到處悲鳴。不必長歌當哭。

永州新堂記

將爲穹谷嵁巖淵池於郊邑之中則必輦山石溝澗壑凌絕險阻疲極人力乃可以有爲也然（○得○三○才○之○自○）而求天作地生之狀咸無得焉逸其人因其地（然○方○是○名○勝）全其天然之所難今於是乎在永州實惟九疑之麓其始度土者環山爲城有石焉翳于奥草有泉焉伏于上塗蛇虺之所蟠狸鼠之所游茂

樹惡木嘉葩毒卉亂雜而爭植號爲穢墟韋公之來既逾月理甚無事望其地且異之始命芟其蕪行其塗積之丘如蠲之瀏如既焚既釃奇勢迭出清濁辨質美惡異位視其植則清秀敷舒視其蓄則溶漾紆餘怪石森然周于四隅或列或跪或立或仆竅穴逶邃堆阜突怒乃作棟（○匠○心○○）宇以爲觀游凡其物類無不合形輔勢效伎於

堂廡之下外之連山高原林麓之崖間厠隱顯邇延野緑遠混天碧咸會於譙門之內已乃延客入觀繼以宴娛或贊且賀曰見公之作知公之志公之因土而得勝豈不欲同俗以成化公之擇惡而取美豈不欲除殘而佑仁公之蠲濁而流清豈不欲廢貪而立廉公之居高以望遠豈不欲家撫而戶曉夫然則是堂也豈獨草木土石水泉之適歟山原林麓之觀歟將使繼公之理者視其細知其大也宗元請志諸石措諸（爾雅西北隅爲屋漏）屋漏以爲二千石楷法

一起連轉妙用虛字大類莊子胠篋篇後段

不免少韻然文有經緯

王鳳洲商易敞邃二字安得佳渚

永州龍興寺東丘記

游之適大率有二曠如也奥如也如斯而已其地之凌阻峭出幽鬱寥廓悠長則於曠宜抵丘垤伏灌莽迫遽廻合則於奥宜因其曠雖增以崇臺延閣廻環日星臨瞰風雨不可病其敞也因其奥雖增以茂樹藂石穹若洞谷蓊若林麓不可病其邃也今所謂東丘者奥之宜者也其始龕之外棄地余得而合焉以屬於堂之北垂凡坳窪坻岸之狀無廢其故屏以密竹聯以曲梁桂檜松杉楩柟之植幾三百本嘉卉美石又經緯之俛入綠縟幽蔭薈蔚步武錯迕不知所出溫風不爍清氣自至水亭陿室曲有奥趣然而至焉者往往以邃為病噫龍興永之佳寺也登高殿可以望南極闢大門可以瞰湘流若是

出○蒼○入○幽

至者皆淺夫耳

逆致翩翩

其曠也而於是小丘披而攘之則吾所謂游有二者無乃闕焉而喪其地之宜乎丘之幽幽可以處休丘之窅窅可以觀妙溽暑頓去茲丘之下太和不遷茲丘之巔與乎茲丘孰從我游余無召公之德懼翦伐之及也故書以祈後君子

健舉

起以曠與二字作案亦奇亦確中以敞邃二字擊之生其韻折末後總提醒不費力豪宕之筆結撰愈嚴波瀾轉潤

去邵復道
易永山水
因緣種子

永州龍興寺西軒記

永貞年余名在黨人不容於尚書省出爲邵州道貶永州司馬至則無以爲居居龍興寺西序之下余知釋氏之道且久固所願也然余所庇之屋甚隱蔽其戶北向居昧昧也寺之居於是州爲高西序之西屬當大江之流江之外山谷林麓甚衆於是鑿西墉以爲戶戶之外爲軒以臨羣木之杪無所不矚焉不徙席不運几而得大觀夫室嚮者之室也席與几嚮者之處也嚮也昧而今也顯豈異物邪因悟夫佛之道可以轉惑見爲眞智卽羣迷爲正覺捨大闇爲光明夫性豈異物邪孰能爲余鑿大昏之墉闢靈照之戶廣應物之軒者吾將與爲徒遂書爲二其一志諸戶外其一以貽巽上人焉

悟力在此

蘧然

天下之至虛莫過於山水天下之至靜莫過於處山水之間虛則生明靜乃眞覺子厚之悟全繇於此

僧亦解事何不蚤去之

永州法華寺新作西亭記

法華寺居永州地最高有僧曰覺照照居寺西廡下廡之外有大竹數萬又其外山形下絕然而薪蒸篠簜蒙雜擁蔽吾意伐而除之必將有見焉照謂余曰是其下有陂池芙蕖申以湘水之流衆山之會果去是其見遠矣遂命僕人持刀斧羣而翦焉叢莽下頹萬類皆出曠焉茲焉（快事）天爲之益高地爲之加闢丘陵山谷之峻江湖地澤之大咸若有增廣之者夫其地之奇必以遺乎後不可曠也余時謫爲州司馬官外常員而心得無事乃取官之祿秩以爲其亭其亭且廣益方丈者一焉或異照之居於斯而不蚤爲是也余謂昝之上人者不起宴坐足以觀於空（翻論奇）邑之實而游乎物之終始其照也逾寂其覺也

途有然則嚮之礙之者爲果礙邪今之闢之者爲果闢邪彼所謂覺而照者吾詎知其不白是道也豈若吾族之挈挈於通塞有無之方以自狹邪或曰然則宜書之乃書于右

子厚琉璃爲胸雲絲不挂水鏡在目雪蘆俱融足之所歷觸眼生心便成妙景山水法華寺西亭皆是畫中又出象外故末路忽然證悟萬化冥合此是子厚入山水文章聖境不當認其得力於佛也

搜奇抉勝崔公自是雅人

永州萬石亭記

御史中丞清河男崔公來涖永州閒日登城北墉臨于荒野藂翳之隙見怪石特出度其下必有殊勝步自西門以求其墟伐竹披奥欹仄以入綿谷跨谿皆大石林立渙若奔雲錯若置碁怒者虎鬬企者鳥厲抉其穴則鼻口相呀搜其根則蹄股交峙環行卒愕疑若搏噬於是刳闢朽壤翦焚榛薉決澮溝導伏流散爲疎林洄爲清池寥廓泓渟若造物者始判清濁效奇於兹地非人力也乃立游亭以宅厥中直亭之西石若掖分可以眺望其上青壁斗絶沉于淵源莫究其極自下而望則合乎攢巒與山無窮明日州邑耋老雜然而至曰吾儕生是州藝是野眉尨齒鯢未嘗知此豈天墜地出設兹神物以彰

勃然而頌
若蹈若舞

我公之德歟既賀而請名公曰是石之數不可知也以其多而命之曰萬石亭耋老又言曰懿夫公之名亭也豈專狀物而已哉公嘗六為二千石既盈其數然而有道之士咸恨推公之嘉績未洽於人敢頌休聲祝公于明神漢之三公秩號萬石我公之德宜受茲錫漢有禮臣惟萬君我公之化始于閨門道合于古祐之自天野夫獻辭公壽萬年宗元嘗以牒奏隸尚書敢專筆削以附零陵故事時元和十年正月五日記

歐陽文忠公題萬石亭詩云山窮與水險上下極沿洄故其於文章出語多崔巍即謂此記也

澹然自若是仁牧根本

零陵三亭記

邑之有觀游或者以爲非政是大不然夫氣煩則慮亂視壅則志滯君子必有游息之物高明之具使之淸寧平夷恒若有餘然後理達而事成零陵縣東有山麓泉出石中沮洳汚塗羣畜食焉牆藩以蔽之爲縣者積數十人莫知發視河東薛存義以吏能聞荆楚閒潭部舉之假湘源令會零陵政尨賊擾民訟于牧推能濟弊來蒞茲邑遁逃復還愁痛笑歌逋租匿役朞月辨理宿蠹藏姦披露首服民旣卒稅相與歡歸道途迎賀里閭門不施胥吏之席耳不聞鼛鼓之音雞豚糗醑得及宗族州牧尚焉旁邑倣焉然而未嘗以劇自撓山水鳥魚之樂澹然自若也乃發牆藩驅羣畜決疏沮洳搜剔山麓萬石如

可爲俗吏良藥

林積坳爲池爰有嘉木美卉垂水叢峰瓏𤫊藹（牢籠勝槩罷）
條清風自生翠烟自留不植而遂魚樂廣閒鳥（景如賦）
慕靜湲别孕巢穴沘浮鱐萃不畜而富代木墜
江流于邑門陶土以埴亦在署側入無勞力工（不減靈臺）
得以利乃作三亭陟降晦明高者冠山巔下者
俯清池更衣膳饔列置備具賓以燕好旅以館（應前）
舍高明游息之道具於是邑由辥爲首在昝裨
諶謀埜而獲宓子彈琴而理亂慮滯志無所容
入則夫觀游者果爲政之具歟辥之志其果出
於是歟及其弊也則以玩替政以荒去理使繼（又垂永戒）
是者咸有辥之志則邑民之福其可旣乎余愛
其始而欲久其道乃撰其事以書于石辥拜手
曰吾志也遂刻之
俗能侵骨沁裏莫薄書爲甚或曰有民社之

寄者勝譚風雅則厭繁惡瑣視小民家事如蘇合之於蛣蜋矣每見爲吏者溺於貪嗜癖於趨走見讀書人便不欲近山水亭榭肯一過而問之乎又有荒于政事日肆意游觀杯酒間此皆無得於游者也古人鳴琴調鶴焚香飲酒甚有臥而治者正恐氣煩亂慮視壅滯志易墮昏俗故假游息高明爲循良助耳然幷不在山水亭榭文章間也但要胸中有浩落之致耳此記眞可醫俗

（以下似水經注）

柳州山水近治可遊者記

古之州治在潯水南山石閒今徙在水北直平四十里南北東西皆水滙北有雙山夾道嶄然曰背石山有支川東流入于潯水潯水因是北而東盡大壁下其壁曰龍壁其下多秀石可硯（安得秀硯）南絕水有山無麓廣百尋高五丈下上若一曰甑山山之南皆大山多奇又南且西曰駕鶴山

（化工之奇 筆墨之巧 兩兩濟發）

壯聳環立古州治負焉有泉在坎下常盈而不流南有山正方而崇類屏者曰屏山其西曰四姥山皆獨立不倚北流潯水瀨下又西曰仙奕之山山之西可上其上有穴穴有屏有室有宇（摹形肖物各有至態）其宇下有流石成形如肺肝如茄房或積于下如人如禽如器物甚衆東西九十尺南北少半東登入小穴常有四尺則廓然甚大無竅正黑

以下似山海經

燭之高僅見其宇皆流石怪狀由屏南室中入小穴倍常而上始黑已而大明為上室由上室而上有穴北出之乃臨大野飛鳥皆視其背其始登者得石枰於上黑肌而赤脉十有八道可（奇）奕故以云其山多樫多櫧多質簹之竹多橐吾（即蘘荷）其鳥多秭歸（即子規）石魚之山全石無大草木山小而高其形如立魚在多秭歸（三字疑衍）西有穴類仙奕入其

穴東出其西北靈泉在東趾下有麓環之泉大類轂雷鳴西奔二十尺有洄在石澗因伏無所見多綠青之魚及石鯽多鯈雷山兩崖皆東西雷水出焉蓄崖中曰雷塘能出雲氣作雷雨變見有光禱用俎魚豆蔬脩形糈稌酒陰虔則應在立魚南其間多美山無名而深峩山在野中無麓峩水出焉東流入于瀁水（結得逸）

不立間架。不起波浪。澹宕成文。間心韻腕。絕雕繪處。總歸自然。昔董思白先生與余論畫。自謂一生得意。只是氣韻生動耳。此記當於氣韻求之。

柳州東亭記

出州南譙門左行二十六步有棄地在道南南
値江西際垂陽傳置東曰東館其内草木猥奥
有崖谷傾亞缺圮豕得以爲圃蛇得以爲藪人　可憐
莫能居至是始命披剃蠲疏樹以竹箭松檉桂
檜柏杉易爲堂亭峭爲杠梁下上徊翔前出兩
翼馮空拒江江化爲湖衆山迴環嶛潤瀴灣當

邑居之劇而忘乎人間斯亦奇矣乃取館之北
宇右闢之以爲夕室取傳置之東宇左闢之以　因地授室妙
爲朝室又北闢之以爲陰室作屋于北牖下以　居得更妙
爲陽室作斯亭于中以爲中室朝室以夕居之
夕室以朝居之中室日中而居之陰室以違温
風焉陽室以違凄風焉若無寒暑也則朝夕復
其號既成作石于中室書以告後之人庶勿壞

元和十二年九月某日柳宗元記

居適其宜。又隨時變化以適其宜。可謂善居室矣。文更疎澹可喜

室矣又更諫潘可喜

居適其宜又隨所變化以適其宜可謂善居

元和十二年九月某日柳宗元記

桂州訾家洲亭記

大凡以觀游名於代者不過視於一方其或傍達左右則以爲特異至若不鶩遠不陵危環山洄江四出如一夸奇競秀咸不相讓徧行天下者唯是得之桂州多靈山發地峭堅林立四野署之左曰灕水水之中曰訾氏之洲凡嶠南之山川達于海上於是畢出而古今莫能知元和

十二年御史中丞裴公來蒞茲邦都督二十七州諸軍州事盜遁姦革德惠敷施朞年政成而當天子平淮夷定河朔告于諸侯公既施慶于下乃合僚吏登茲以嬉觀望攸長悼前之遺於是厚貨居甿移于閒壤伐惡木刜奥草前指後畫心舒目行忽焉若飄浮上騰以臨雲氣萬山面内重江束隘聯嵐含輝旋視其宜常所未覩

倏然互見以爲飛舞奔走與游者偕來乃經工
庀材考極相方南爲燕亭延宇垂阿步簷更衣
周若一舍北有崇軒以臨千里左浮飛閣右列
間館比舟爲梁與波昇降苞灘山含龍宮昔之
所大蓄在亭內日出扶桑雲飛蒼梧海霞島霧
體類齊梁○
來助游物其隙則抗月檻於迴谿出風榭於篁
中晝極其美又益以夜列星下布顥氣迴合邃

然萬變若與安期羨門接於物外則凡名觀游
於天下者有不屈伏退讓以推高是亭者乎旣
成以燕歡極而賀咸曰昔之遺勝槩者必於深
山窮谷人罕能至而好事者後得以爲已功未
有直治城挾闤闠車輿步騎朝過夕視訖千百
年莫或異顧一旦得之遂出於他邦雖博物辯
宕逸
口莫能舉其上者然則人之心目其果有遂絕

特殊而不可至者耶蓋非桂山之靈不足以瓌觀非是洲之曠不足以極視非公之鑒不能以獨得噫造物者之設是久矣而盡之於今余其可以無藉乎（猶記也）

訾音紫此子厚剌柳時作也清溜寒鐘冷然相發中間忽生儷語悠然迴韻

潭州東池戴氏堂記

弘農公刺潭三年因東泉爲池環之九里丘陵林麓距其涯坻島洲渚交其中其岸之突而出者水縈之若玦焉池之勝於是爲最（形○水○新○麗）公曰是非離世樂道者不宜有此卒授賓客之選者譙國戴氏曰簡爲堂而居之堂成而勝益奇望之若連艫縻艦與波上下就之顛倒萬物遼廓眇忽

樹之松柏杉櫧被之菱芡芙蕖鬱然而陰燦然而榮凡觀望浮游之美專於戴氏矣戴氏嘗以文行累爲連率所賓禮貢之澤宮而志不願仕與人交取其退讓受諸侯之寵不以自大其離世歟好孔氏書旁具莊文莫不總統以至虛爲極得受益之道其樂道歟賢者之舉也必以類當弘農公之選而專茲地之勝豈易而得哉地

雙綰夾發不支不板

雖勝得人焉而居之則山若增而高水若闢而廣堂不待飾而已奐矣戴氏以泉池爲宅居以雲物爲朋徒攄幽發粹日與之娛則行宜益高文宜益峻道德益懋交相贊者也旣碩其內又揚于時吾懼其離世之志不果矣君子謂弘農公刺潭得其政爲東池得其勝授之得其人豈非動而時中者歟於戴氏堂也見公之德不可以不記

楊公戴氏二美互誦波折難圓運局易板此獨從淡得濃因密見疎可稱殊搆○潭州今之長沙子厚謫永過潭所作

邕州馬退山茅亭記

冬十月作新亭于馬退山之陽因高丘之阻以面勢無檮櫨節梲之華不斲椽不翦茨不列墻以白雲爲藩籬碧山爲屏風昭其儉也是山崒（又）然起於莽蒼之中馳奔雲矗亘數十百里尾蟠荒陬首注大溪諸山來朝勢若星拱蒼翠詭狀綺綰繡錯盖天鍾秀於是不限於遐裔也然以

（似吾家古樸）

壤接荒服俗參夷徼周王之馬迹不至謝公之屐齒不及巖徑蕭條登探者以爲嘆歲在辛卯我仲兄以方牧之命試于是邦夫其德及故信孚信孚故人和人和故政多暇由是常徘徊北山以寄勝槩廼墍廼塗作我攸宇於是不崇朝而水工告成每風止雨收烟霞澄鮮輒角巾鹿裘率昆弟友生冠者五六人步山極而登焉於

（非暇不能游）

阿兄不俗何柳氏之於粤山水有緣也

是手揮絲桐目送還雲西山爽氣在我襟袖以極萬類攬不盈掌夫美不自美因人而彰蘭亭也不遭右軍則清湍修竹蕪沒於空山矣是亭也僻介閩嶺佳境罕到不書所作使盛跡鬱堙是貽林澗之媿故志之

穠纖飽味化爲簡古緣飾窮工忽然神會昔人稱此文爲柳記第一非無見也○邕州今西粤南寧

图书在版编目（CIP）数据

柳子厚咏柳山水文 /（唐）柳宗元撰 . —影印本 . —北京：中国书店，2013. 8

（中国书店藏珍贵古籍丛刊）

ISBN 978-7-5149-0813-8

Ⅰ. ①柳…　Ⅱ. ①柳…　Ⅲ. ①唐诗—诗集②古典散文散文集—中国—唐代　Ⅳ. ①I214. 22

中国版本图书馆 CIP 数据核字（2013）第 118923 号

ISBN 978-7-5149-0813-8

9 787514 908138 >

中國書店藏珍貴古籍叢刊

柳子厚咏柳山水文

一函一册

作者　唐・柳宗元撰

出版發行　中國書店

地址　北京市西城區琉璃廠東街一一五號

郵編　一〇〇〇五〇

印刷　杭州蕭山古籍印務有限公司

版次　二〇一三年八月第一版第一次印刷

書號　ISBN 978-7-5149-0813-8

定價　二八〇元